葉櫻與魔笛

太宰治 ＋ 紗久楽さわ

首次發表於「若草」1939年第15卷第6期

太宰治

1909年出生於青森縣。小說家，1935年以「逆行」入選第一屆芥川獎候選名單，翌年出版第一部文集『晚年』。並以『斜陽』躋身流行作家之列，1948年於東京玉川上水道投河自盡，身後留下『人間失格』等名作。

繪師・紗久楽さわ（紗久樂Sawa）

來自大阪府。漫畫家。細膩華麗的畫風享有超高人氣。描繪江戶時代浮世繪畫師的網路漫畫「沉醉愛河不再怕受傷」（猫舌ごころも恋のうち）已出版實體書，取材自幕府時代末期歌舞伎的『歌舞伎伊左』（かぶき伊左）成功進軍連載漫畫，更為畠中恵原作的知名系列『真真事』（まんまこと）繪製漫畫。其以江戶時代為背景的作品廣受好評。

每當櫻花落盡、嫩綠萌發的葉櫻季節到臨，總令我憶起那段過往——那位老夫人開始述說。

算起來已是三十五年前的事了，家父那時候還在世，我們一家人——家母已於七年前、我十三歲那年駕鶴仙去——就剩下家父、我以及妹妹三個人了。在我十八歲、妹妹十六歲那年，家父被派往島根縣的日本海沿岸一處居民約兩萬多人的古老城鎮接任中學校長。由於鎮上找不到適合的租屋，後來在郊外山腳下一座偏僻寺院的獨棟小屋租下兩個房間，直到六年後家父被調派至松江的中學，才搬離此地。

我是在搬到松江之後，二十四歲那年秋天結婚的，在當時算是相當遲了。家母早逝，家父又是固執的讀書人，不諳世情，我明白這個家不能沒有我的操持打理，儘管不少人上門提親，我始終放心不下，不願意出嫁。若是妹妹身子強健，我也不至於這般憂心。妹妹不像我，人長得特別漂亮，又有一頭長髮，是個相當標緻可愛的姑娘，可惜體弱多病，就在家父到那個古鎮上任的第二年，我二十歲、妹妹十八歲的那年春天，離開人世了。

接下來講的，就是那個時候的故事。

妹妹的狀況早就藥石罔效了。她患了一種名為腎結核的惡疾，據說發現時兩側腎臟皆已千瘡百孔，醫生也斬釘截鐵告知家父，至多只能再活一百天，沒有任何治療方法了。一個月過去了，兩個月過去了，我們只能眼睜睜看著那第一百天步步逼近。不知情的妹妹格外活潑，雖然整天躺在床上養病，依然開心地唱唱歌、說說笑，有時還向我撒撒嬌。每每想到再過三、四十天她將必死無疑，總令我悲從中來，痛苦得猶如萬針扎身，幾乎要發狂。三月、四月、五月，天天都過著同樣的日子。然而，五月中旬的那一天，我永生難忘。

我忍著刺痛眼睛的眩目新綠，一隻手淺淺地插在腰帶裡，垂著頭，獨自走在原野小徑上浮想聯翩。思緒紛至沓來，樁樁盡是傷心事，感覺快要窒息，只能勉強忍著舉步而行。忽然間，從春泥底下傳來一陣隱約的轟隆隆，那聲音宛如來自極樂淨土那般輕得幾乎聽不見卻依然能夠遞傳遼遠，又像是正在地獄底層捶擊一面好大好大的大鼓所發出來的駭人巨響那樣接連不斷傳來。我壓根不曉得那種可怕的聲響到底是什麼，甚至以為自己瘋了，頓時全身僵硬無法動彈，陡然哇的放聲大叫，兩腿一軟，癱坐在草地上，嚎啕痛哭。

後來才知道，那種可怕又詭異的聲響，其實是對馬海戰時軍艦發射大砲的聲音。那正是在東鄉司令官的號令下，為了一舉殲滅俄國第二、第三太平洋艦隊而在海上猛烈交戰的時刻，恰巧讓我聽見了。說來，再過不久就是今年的海軍紀念日了。當時，濱海古鎮的居民想必也聽到了恐怖的大砲聲，和我一樣嚇得六神無主。我渾然不知那是作戰的聲音，滿腦子擔心妹妹的病，自己都快精神錯亂了，還以為聽到的是從地獄傳來的不祥鼓聲，兀自在草原上俯身哭了許久。直到太陽漸漸下山，我總算站起身來，猶如行屍走肉般返回寺院。

「姊姊。」妹妹喚道。那個時候的妹妹已是瘦骨如柴，虛弱無力，隱約察覺自己已是時日不多，不再像過去那樣耍賴找麻煩，這讓我更是難受。

「姊姊，這封信，什麼時候送來的？」

我胸口一震，連自己都可以感覺到臉色倏然煞白。

「什麼時候送來的呀？」妹妹似乎並未起疑。我鎮定下來，答道：

「剛送來的。妳還在睡，睡著的時候還笑了呢。我悄悄擱在枕邊的，神不知鬼不覺吧？」

「唉，一點也沒發覺。」暮色將近的微暗房間裡，妹妹笑著，蒼白而淒美。「姊姊，這封信我讀完了。真奇怪，寄信的人我不認識呀。」

怎會不認識呢！我可曉得那是一位名為M．T的男士寄來的信。

我已經知道是他了。我的意思並非見過他本人，而是五、六天前替妹妹收拾衣櫃的時候，從抽屜最裡面意外翻出了用綠色緞帶捆紮的一疊信。心裡明白不該這麼做，我還是忍不住解開緞帶，讀了那些信。約莫三十封，全都是那位M．T先生寄來的。不過，M．T先生的名字並未署在信封上，倒是明明白白寫在信文裡了。而且，信封上的寄信人是不同的女生，用的都是妹妹好友的姓名，因此家父和我做夢也想不到，妹妹居然是和一位男士如此頻繁通信。

ルバイヤット
源氏物語
聊齋志異

我有十足把握，一定是那位叫做M．T的人慎重其事地先向妹妹問得好幾個朋友的姓名，再陸陸續續從中選用，寄了信來。這些年輕人的大膽行徑令我詫異。一想到，萬一被嚴謹的家父得知此事將有什麼後果，不禁怕得直哆嗦。縱使如此，我還是按著日期逐一讀下去。漸漸地，我樂在其中，愈來愈興奮，時不時看著拉拉雜雜的內容哧哧偷笑，讀到最後，彷彿自己也來到一個無比廣闊的世界。

當年我才剛滿二十，心裡也藏著年輕姑娘難以啟齒的種種苦惱。那三十多封信讀得很快，猶如行雲流水，一封讀完再一封。我揭開去年秋天的最後一封來信，剛讀了幾行就不由自主霍然起身。或許當下的感受可以用晴天霹靂來形容。我胸口一窒，險些仰面倒地。原來那人對妹妹的愛情，並非真心真意，醜惡的真面目逐漸顯露出來。

我燒了信。一封不留全燒了。看樣子，M．T就住在鎮上，是個貧窮的和歌詩人。卑鄙的他在得知妹妹的病情之後拋棄了她，甚至薄情地在信裡寫下「今後忘卻彼此吧」的殘酷字句，此後似乎不曾捎來隻字片語了。這件事只要我一輩子不說出去，妹妹離開人世時就能保有完美的少女樣貌。誰都不知道這件事——我說服自己把痛苦埋進心底。然而，自從獲悉這件事的那一刻起，我愈發同情可憐的妹妹，隨之浮現了奇奇怪怪的念頭。某種又酸又甜的感覺使胸口隱隱作痛，心情苦悶難以言喻，那種煎熬是唯有青春年華的姑娘方能領略的人間煉獄。我獨自承受著這份悲傷，彷彿那樁不幸是降臨在我的身上。那個時候的我確實不太正常。

SAFETY
AVERAGE 50 MATCHE
SAFETYMATCH

「姊姊，瞧瞧信吧。我實在看不懂是怎麼回事。」

我很生氣妹妹這麼不坦白。

「真的可以看嗎？」我小聲問道，從妹妹那裡接過信，不知所措的指尖微微顫抖。根本不必揭開來，信裡的一字一句我都知道。但是，我不得不假裝毫不知情地讀這封信。信裡是這麼寫的。我沒有細看就出聲讀誦：

……今日特來向妳致歉。一切都怪我沒有自信，以致於遲遲不敢寫信給妳。我不僅窮又沒有本事，什麼都無法給妳，唯一給得起的只有言語，那言語絕無絲毫虛假，那言語卻也只能證明對妳的愛意，其餘什麼都辦不到，我真恨自己的無能為力。哪怕區區一天，甚至在夢中，我始終不曾忘記妳。是那種痛苦令我決定離開妳。當妳愈來愈不幸，當我的情意愈來愈深，反而將我從妳的身邊推離。妳能夠了解嗎？這些話絕不是花言巧語。我以前認為那是基於自身講求正義的責任感。但是，我錯了，我錯得非常徹底。在此誠摯道歉。

我只是想在妳面前當一個完人，享受自我滿足的感覺罷了。

我倆寂寞又無力，我倆什麼都不會，正因為如此，我現在終於相信，至少要獻上誠心誠意的言語，才能走向真實、謙和與美麗的人生之路。我會時時刻刻盡己所能，努力不懈達到那個目標。即使從微不足道的小事開始做起也可以。我相信，就算只是送上一朵蒲公英，也要抬頭挺胸拿給妳，那才稱得上是最具勇氣、最有男子漢的氣概。我再也不逃避了。我深愛著妳。以後天天都會做一首和歌獻給妳。還有，天天都會在妳的院牆外吹口哨給妳聽。明日晚間六點，就會用口哨吹《軍艦進行曲》。我很會吹口哨喔。以我目前的能力，只能呈上這樣的獻禮。請別笑我，不，請盡情大笑吧。請好好保重。天上的神必會眷顧我們。我堅信如此。妳我都是神的寵兒，一定會有幸福的婚姻。

翹首切盼久　怒放爭豔今年時　桃樹花點點　聽聞枝梢白如雪　卻見嫣紅映入眼

我正在努力學習。一切都很順利。那麼，明日再會。

M·T。

「姊姊，其實我知道唷！」妹妹以清脆的聲音囁囁說著，

「姊姊，謝謝妳。這是姊姊寫的吧？」

我羞得無地自容，真想把那封信撕成碎片，再瘋狂拔扯自己的頭髮。所謂坐立不安，指的就是那種感受吧。信的確是我寫的。我不忍看妹妹受苦，從發現信的那天起就日日臨摹M．T的筆跡，打算拚命寫信，絞盡腦汁做蹩腳的和歌，還有晚上六點偷偷溜到院牆外吹口哨，直到妹妹去世那天為止。

太羞愧了。連那麼蹩腳的和歌都寫了，簡直羞愧難當。悲痛交加之下，我竟一時答不出話來。

「姊姊，別擔心，我沒事的。」妹妹異樣平靜，露出近乎崇高的優雅微笑，「姊姊，妳讀過那些用綠色緞帶紮起來的信了吧？那是編造的。我太寂寞了，從前年秋天開始一個人寫下那樣的信，再一封封投進郵筒裡寄給自己。姊姊，別因為這樣就瞧不起我喔。青春是非常寶貴的。生病以後，我特別有感觸。躲起來寫信給自己，簡直齷齪、膚淺、愚蠢！假如我能真的和男人玩一場大膽的遊戲就好了。多希望男人可以用力抱住我的軀體。姊姊，我活到現在，別說交男朋友了，甚至不曾和爸爸以外的男人說過話。姊姊也一樣吧。姊姊，我們錯了，我們太乖巧了。唉，真不想死。我的掌心、我的指尖、我的頭髮都好可憐。我不想死！不想死呀！」

我心中五味雜陳，分不清是悲傷、懼怕、歡喜抑或羞愧。我將臉頰緊貼著妹妹削瘦的臉頰，淚流不止，輕輕摟住妹妹。就在這時候，啊，聽見了！儘管隱隱約約，但確實是《軍艦進行曲》的口哨聲。妹妹也側耳細聽。我望向時鐘，哎呀，是六點！一股莫名的恐懼升起，我們死命抱成了一團，完全不敢動，緘默地聽著院子裡的葉櫻後方傳來那首不可思議的進行曲。

蒼天有神靈。絕對有。我深信不疑。三天後，妹妹過世了。醫生十分納悶，不解她為何走得那麼早卻又如此安詳。然而，我並不訝異，相信這一切都是神的意旨。

現如今——說來慚愧，上了年紀，物欲也變多了，在信仰方面似乎不若以前那般堅定。我一度懷疑那天的口哨聲，莫非是家父所為？難道是他從學校下班回來，站在隔壁房間聽著我們的交談，於心不忍，於是生性嚴苛的家父不惜粉墨登場，演出了畢生難得一見的這齣大戲？我想，應該不可能吧。倘若家父在世，還可以問上一問，無奈家父辭世已有十五年之久了。依我之見，那必定是神的恩賜。

我寧願相信是這樣，好讓自己安心。總覺得上了年紀之後，物欲變多，信仰也日漸薄弱，真是不應該哪。

＊本書之中，雖然包含以今日觀點而言恐為歧視用語或不適切的表現方式，但考慮到原著的歷史背景，予以原貌呈現。

譯註

第12頁

【東鄉司令官】東鄉平八郎（1848～1934），日本海軍名將。

【交戰時刻】對馬海戰為日俄戰爭中的重要戰役。日本海軍聯合艦隊由東鄉平八郎出任司令官，俄國第二、第三太平洋艦隊（日本通常簡稱為波羅的海艦隊）由齊諾維・羅傑斯特文斯基海軍中將指揮，雙方於1905年5月27至28日激烈對戰，最後日軍大獲全勝。

第24頁

【和歌】日本的詩歌形式，由五音及七音組合成不同歌體。例如「短歌」即由五音、七音、五音、七音、七音組成的五句體形式。

解說

在這世界上，總有一個人正看著你／陳栢青

世界上最初的偵探尋找一封信。

一個關於失竊的信的故事是這樣的。地位尊貴的女士有一封信被部長偷了，怎麼偷的？光天化日，眾目睽睽，部長把自己的信留在女士桌上，便把女士持有的信換了過來。偵探介入其中，也去偷。一封信，轉了好多手。最終偵探用了神奇的手法，竟然靠一張白紙便獲得了它。這是愛倫坡的小說《失竊的信》。《失竊的信》是世界最早的偵探小說之一。最後的信像是原初的信——我們讀到小說尾聲，還是不知道原本的信裡寫了什麼——終究是空白的。誰拿在手上，信便是他的。部長用來威脅尊貴的女士。偵探用來賺取賞金。信裡有什麼，很重要，又不重要了。

我們的青春時代，也許就是這樣一封信。轉很多手。親愛的某某，現在可以寫信給你了。你好嗎？最後署上一個名。誰寫了信，誰收到信，其實經常都是自己寫信給自己。而我經常想像，有一個男孩，寫信給我，在一個春天的早晨，我打開鞋櫃，那裡躺著一張潔白的信封，折好多次，又被細心的攤平，等我打開……

也有在喧鬧的聚會上卻找不到一個稍微熟識的人能說話，忽然覺得非常害羞，於是拿起電話——是是是，你到了嗎？在哪裡？抱歉這裡很吵——然後開始往外走。智慧型手機螢幕總因為過度貼著臉而沾上濕氣，只有你自己看見，其實沒有任何人撥來。

還有在搖晃的捷運或是列車上拿起手機側身通話，或忽然想要打開螢幕鏡頭看自己的瀏海有沒有散開，其實早已偷偷打開相機APP，連按快門，只是想偷拍坐在對面那個好看的男孩女孩。

別說你沒有做過。我們在臉書上留言給自己。我們在異國寫明信片擲回自己家裡。我們是自己的收信人，也是自己的寄件者。這是我們這個年代的青春。非常寂寞。愛的人沒看著你。只好用耳朵代替眼睛，假裝聽電話好去看對方。很用力把電話講得大聲，其實根本沒撥通，只是想告訴別人，我們和世界沒有斷線。

在世界最初的偵探面前，我們是自己的犯人。罪行在此宣判：那是因為「青春」。

太宰治讀過愛倫坡嗎？〈葉櫻與魔笛〉也是「失竊的信」的故事，一疊信件轉了幾手，大家都用偷的，姊姊的敘述裡，和歌詩人M．T寫給妹妹，這些信則被姐姐偷看了。而姐姐懷疑，是不是剛好回家的爸爸偷聽到這一切呢？或者，有一個更上面的誰——例如神——實現了他偽造的信的內容。

那是沒有偵探的推理小說。犯人都急於自白。青春需要的推理不是邏輯，而是因為愛，而在太宰治的小說裡，恰恰是沒有愛——信裡的M．T沒有愛，被姐姐說是負心人兒。妹妹沒有愛，所以渴求，好想愛一次啊，「假如我能真的和男人玩一場大膽的遊戲就好了。多希望男人可以用力抱住我的軀體。」連姊姊也沒有愛，「姊姊也一樣吧。」妹妹都認證。而妹妹至少還有姐姐愛她，但姐姐自己呢？她讚美妹妹的美貌，小說裡自己的生活始終環繞著妹妹，連婚姻都是妹妹死掉後才有著落，好像她是為妹妹而活，但是，誰愛著姐姐呢？

沒有人可以去愛，也沒有被人愛著，所以孤獨，所以強烈的需索，又不能表達。怎麼辦呢？只好寫信給自己。人家說太宰治善寫女孩兒的心，〈葉櫻與魔笛〉像蓋上郵戳直直發到我們心底，女孩的心多迂迴，妹妹用和歌詩人的名義寫給自己，「今後忘卻彼此吧」，她真正想說話的，是不是這個世界？那麼，再見囉，世界。小說家以此寫出青春的孤獨。所謂的孤獨，就是一條單巷街。以為有來有往的通信著呢，其實信都是我自己寫的。拿起的電話只有自己的聲音。青春的孤獨在於一切都只有我。但一切都不是我的。

青春就是一種病。熱得很，臉上有一種不健康的紅，太容易激動，隨便就放棄。愛的時候，幾近於死。誰在青春裡沒有愛過？誰在青春裡沒有這樣絕望過？小說寫出我們在青春裡最悲慘的境況，最悲慘的，不是沒人愛你，不是被別人騙了，真心換絕情。而是連自己都要騙自己。

所以誰讀〈葉櫻與魔笛〉不哭呢？姊姊哭了，讀到M・T寫給妹妹的信，「哧哧偷笑」，又恨極M・T——要注意這裡啊，偷看別人的信，拆別人的信，青春期的女孩總想像別人的日記裡寫什麼，那個比我更美的、擁有更豐富愛情的，那女孩做給男孩的便當裡今天是什麼料呢？——在這裡，姐姐作為敘述者，她偷窺卻被妹妹發現了，卻僅僅用一句話就帶過了，「我羞得無地自容，真想把那封信撕成碎片，再瘋狂拔扯自己的頭髮。所謂坐立不安，指的就是那種感受吧。」少女的罪行被揭發，偵探明白部長做了什麼，但小說的反轉也在這裡，姊姊是犯人，但又是偵探，她意外的揭發一樁案外案，妹妹說，我知道是你偽造一封信寫給我，因為那些信，都是我寫的。而妹妹當然是犯人，可又扮起偵探，立刻揭破姊姊偽造了來信。故事裡所有人都在騙人。沒有一個真的。

騙到底了，妹妹寫信騙自己，也騙過姐姐，而姐姐透過建築謊言之上的謊言，等同偷過兩次的信，再來騙妹妹，姐姐說，愛你的人會在黃昏時為你吹起口哨。所以M・T是不存在的寄信人，愛人是不存在的。那口哨多輕，無濟於事，卻又那麼重。重到在一個無人的黃昏，重到所有的真相都揭露了，口哨聲卻依然在他們耳邊悠悠響起。

是誰成全姊姊的愛？

在更高處，是不是還有一個力量存在？

那真的是剛好回家又正好偷聽到一切的父親嗎？

或者，那是不是神呢？

我都知道的喔。青春很艱苦的，心很累。愛經常容易死。但是，混蛋東西，不要放棄啊。你還是要去相信，你要懷抱希望，這世界上，總有那麼一個人，正看著你。

你會得到愛的。

那是太宰治寫給你的信。是太宰治吹給我們聽的口哨。那是青春的力量。那是小說的力量。只有在青春裡，或是小說裡，謊言比虛構更真，愛透過不愛，反而才愛，你有罪經常等同你有愛。那麼，去犯罪吧。去被揭發吧。去愛吧。

而這篇小說，大概也是太宰治寫給自己的信吧。〈葉櫻與魔笛〉

發表於1939年。那時太宰治開始第二段婚姻，在這之前，生而為人，我很抱歉，他和咖啡廳的女侍相約殉情，他被學校退學，他和喜歡的藝妓同居，他自己遁入鎌倉山裡自殺未遂。他嗑藥。青春之於他，愛情之於他，彷彿一場疾病。然後，第二段婚姻開始了，在下一場風暴來臨前，他還有一點時間，留下這個時期的作品，〈葉櫻與魔笛〉就是寫於太宰治生命的「葉櫻」時期，「每當櫻花落盡、嫩綠萌發的葉櫻季節到臨，總令我憶起那段過往」，小說開端這樣寫道，「葉櫻」生於初夏，那時櫻花滿開後花瓣殘落，一點紅，花蒂未落，而枝頭上點點是初芽翠綠。如果愛倫坡真的遇見了太宰治，世界上最初的偵探可以由此推敲出小說家的未來嗎？這篇小說之於太宰治，是夏天新生的芽，還是春天殘落的花？那預言的，是「嫩綠萌發」所謂新生命抽芽初長，還是得以看出「櫻花落盡」的前兆？

而我們已經知道，在那之後，斜陽。人間失格。摧折一切的暴風雨低壓正隱隱逼近。

但在這之前，真想讓時間無限延長，神啊，請再讓口哨聲響一會兒。

解說者簡介／陳栢青

1983年台中生。台灣大學台灣文學研究所畢業。作品曾入選《青年散文作家作品集：中英對照台灣文學選集》、《兩岸新銳作家精品集》，並多次入選《九歌年度散文選》。出版有散文集《Mr. Adult 大人先生》。

乙女の本棚系列

『與押繪一同旅行的男子』
江戶川亂步＋しきみ
定價：400元

「他們，是活的吧。」

觀賞過海市蜃樓的歸途，
在火車中，
我與帶了押繪的男子偶然相遇……

江戶川亂步的
『與押繪一同旅行的男子』，
透過以『刀劍亂舞』
角色設計等作品聞名、
pixiv 追蹤人數超過二十一萬的
當紅插畫繪師しきみ的畫藝，
呈獻了這部嶄新的現代重製版。
超越時代、文豪與繪師的夢幻組合，
鮮活地在現代混搭融合。

乙女の本棚系列

『檸檬』
梶井基次郎+げみ
定價：400元

我深深地吸了一口那帶著香氣的空氣。
先前從不曾如此深呼吸
讓空氣盈滿肺部，
一股溫熱血液的餘溫
攀上我的身體及臉龐，
總覺得身體中的活力
似乎有些甦醒。……

在經手梶井基次郎『檸檬』的
書籍裝幀及CD封面繪製等領域活躍，
受到廣泛世代支持的
插畫繪師げみ。
超越時代、文豪與繪師的夢幻組合，
鮮活地在現代混搭融合。

乙女の本棚系列

『蜜柑』
芥川龍之介＋げみ
定價：400元

這個光景，
清晰到幾乎令我感到悲切，
深深烙印在我心上。

我搭上了橫須賀線的火車，
一位小姑娘在臨發車之際才衝上車，
列車就這樣只載著我們兩人，
緩緩發動了……

在經手芥川龍之介『蜜柑』的
書籍裝幀及CD封面繪製等領域活躍，
受到廣泛世代支持的
插畫繪師げみ。
超越時代、文豪與繪師的夢幻組合，
鮮活地在現代混搭融合。

譯者

吳季倫

曾任出版社編輯，目前任教於文化大學中日筆譯班。譯有井原西鶴、夏目漱石、森茉莉、太宰治、安部公房、三島由紀夫、大江健三郎等多部名家作品。

國家圖書館出版品預行編目資料

葉櫻與魔笛 / 太宰治作；吳季倫譯. -- 初版. -- 新北市：瑞昇文化, 2019.07
60面；18.2x16.4公分
ISBN 978-986-401-352-4(精裝)

861.57　108009642

TITLE

葉櫻與魔笛

STAFF

出版	瑞昇文化事業股份有限公司
作者	太宰 治
繪師	紗久楽 さわ
譯者	吳季倫
總編輯	郭湘齡
責任編輯	李冠緯
文字編輯	徐承義　蔣詩綺
美術編輯	謝彥如
排版	謝彥如
製版	明宏彩色照相製版股份有限公司
印刷	龍岡數位文化股份有限公司
法律顧問	經兆國際法律事務所　黃沛聲律師
戶名	瑞昇文化事業股份有限公司
劃撥帳號	19598343
地址	新北市中和區景平路464巷2弄1-4號
電話	(02)2945-3191
傳真	(02)2945-3190
網址	www.rising-books.com.tw
Mail	deepblue@rising-books.com.tw
初版日期	2019年8月
定價	400元